ÉCONOMIE SOCIALE.

PAR M. D. L. G.

TOME XVII.

PARIS,
A. PIHAN DELAFOREST,
IMPRIMEUR DE LA COUR DE CASSATION,
Rue des Noyers, nº 37.
1832.

TABLE

DES OUVRAGES CONTENUS DANS CE VOLUME.

Le Pouvoir et le droit.
Les Besoins et les droits.
Le Peuple et le non-peuple.
La Loi du besoin.
La Cause humaine.
Les Droits de l'homme.

FIN DE LA TABLE.

LE POUVOIR
ET
LE DROIT.

Les députés et les électeurs veulent au nom du peuple.... Les électeurs sont la pensée du peuple pour les choix, comme les députés sont sa pensée pour les lois.
(*M. de Pastoret*, ventôse, an V.)

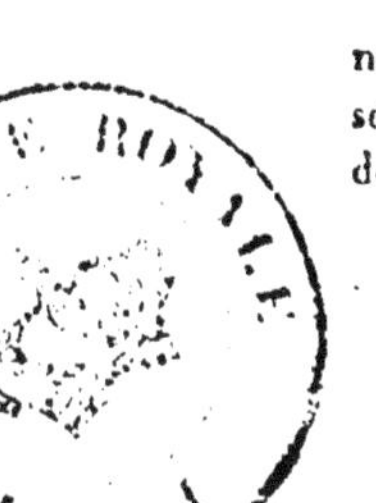

A PARIS,
A. PIHAN DELAFOREST,
IMPRIMEUR DE LA COUR DE CASSATION,
RUE DES NOYERS, N° 37.
1832.

« Législateurs, vous nous faites la loi ; vous faites des lois pour nous : voici la loi qui fut faite pour vous.

« Faites des lois ; le pouvoir vous en fut déféré, mais à la charge de ne pas enfreindre les prescriptions suprêmes. Faites la loi ; la force vous en fut remise, mais sous la condition de ne pas envahir sur les droits légitimes.

« On ne vous conteste point l'omnipotence légale : elle est inévitable ; il faut subir le joug de la nécessité. Et cependant, au-dessus de la sphère où elle s'exerce, sur la tête des ministres, sur la conscience des députés, plane et domine une puissance toute autre, la toute-puissance morale.

« L'éternelle équité naquit avant et vivra après l'autorité législative : c'est elle qui l'installe, bien loin d'être intronisée de sa main ; c'est elle qui la réprime, bien loin d'être soumise à son contrôle.

« Avant les membres de la chambre actuelle, combien d'autres sont arrivés des provinces, se sont réunis à Paris, en façon d'assemblée ; et ne voyant rien qui fût placé au-dessus d'eux, ne voyant personne qui pût ou dût exercer le pouvoir, tous bien qu'élus et convoqués à des titres différens, à des titres contestés par le passé ou par l'avenir, tous se sont imaginés innocemment, ou impertinemment, que la volonté portait raison, et que la force donnait justice.

« Et de là, juste ciel ! qu'il s'est donc échappé de lois illicites, illégitimes, de lois de mort et de ruine, de lois de folie et de sottise ; jusqu'à ces deux lois, dont l'une abolit l'Être-Suprême, et l'autre le recréa sous une forme nouvelle ! » (*De la réduction des rentes*, 1824.)

Dans la nature, tout a vie, tout est en harmonie : rien n'est inerte et stérile. La cause emporte une fin ; les moyens enfantent des droits (1).

L'intelligence étant donnée, elle doit être exercée en raison du point où elle est parvenue ; et, dans ce rapport, elle doit régir exclusivement l'intérêt privé, régir concurremment les intérêts ralliés ou l'intérêt public.

Mais l'intelligence est dispensée à des degrés différens, est dispersée entre une immensité d'individus : il n'y a pas moyen d'extraire de cette masse indigeste et incohérente de volontés, un vœu commun, un vœu unique.

La loi se voit forcée de restreindre l'exercice de la puissance, en tant qu'il est question de la chose publique, dans un cercle tracé sur l'échelle des capacités relatives.

Dans aucune chambre élective, il n'est représenté, pour se servir de cette expression banale, qu'une petite fraction des intelligences, dont le plus grand nombre n'est point appelé ou ne s'emploie pas à la confection de l'œuvre ; qu'une fraction minime des volontés, dont la très forte majorité est inhabile à concevoir, impuissante à concourir.

---

(1) Ces considérations ont été écrites en 1829.

Alors elles étaient vraies : et elles sont vraies encore.

Tant l'homme reste le même, en fait de passions, et de prétentions : n'aspirant à changer la face des choses, qu'afin de les mettre en liberté, de leur ouvrir un large champ.

Et après le succès, ne manquant pas à déterminer quelque réaction, par le mauvais usage du pouvoir ainsi acquis.

Cependant dans l'ordre social, tout est intérêt : tous ont des intérêts, également sacrés, sans acception de leur importance relative; ou pour mieux dire progressivement sacrés, en raison de leur ténuité absolue, qui les rapproche des limites du dénuement.

Tel est le principe fondamental, qui sans doute était en lieu d'être opposé à l'aristocratie féodale, et qui est de même en lieu d'être opposé à l'oligarchie électorale.

Le système dit représentatif, n'est jamais qu'une forme : et la forme ne doit pas emporter le fond.

Il se borne à offrir les moyens, à ouvrir les voies; bien loin de renfermer en lui-même les fins assignées.

La chambre des députés est assez bien figurée sous l'image d'un outil de gouvernement, qui est adjoint au conseil des ministres.

L'œuvre reste la même : seulement deux outils sont appelés à y travailler, en s'accordant ensemble, en s'aidant l'un et l'autre.

L'œuvre consiste dans le maintien, dans le progrès de la société.

On s'était aperçu que le cabinet nommé par la couronne, soit à raison de la dégénération de l'homme, soit par suite de la complication des sociétés, demeurait au-dessous de sa tâche.

On a présumé que la chambre émanée du sein même des intérêts et appuyée par une certaine masse de volontés, aurait à la fois plus de justesse de conception, plus de force d'exécution.

Et cela, quand l'Etat est calme, quand l'ordre est fixe, comme en Angleterre, se réalise communément.

Toutefois ce n'est pas assez que la chambre soit douée de voir mieux, de pouvoir plus, en comparaison du cabinet.

Il importe surtout que sa volonté, que sa puissance s'exerce vers les fins de l'œuvre sociale.

Autrement, le bien relatif se change en un mal absolu : et l'intensité du mal s'augmente en proportion de l'influence.

Tel est le péril qui se manifeste en deux façons :

Tantôt par le despotisme caméral, si l'on peut parler ainsi, souvent excessif, mais toujours éphémère.

Tantôt par l'oligarchie électorale, faible à son origine, violente en son cours, durable en son règne.

L'expérience n'a pas laissé que de montrer la première sorte de périls.

On verra toujours une chambre agricole ou une chambre industrielle, aveugles dans leurs intérêts même et sourdes aux droits étrangers, se satisfaire; l'une en fait du dégrèvement foncier et de la réduction des rentes; l'autre à l'égard du fonds de l'amortissement et des prohibitions à l'entrée.

Les hommes soucieux de leur faiblesse, tendent à faire corps : et l'esprit de corps tourne en culte, impose ses dogmes, ses anathèmes.

L'idolâtrie a tant de charmes, quand la personne même en est l'objet.

Les présages ou plutôt les faits annoncent sous des caractères terribles, l'avènement de l'oligarchie électorale.

Dans l'ordre civil comme dans l'ordre politique, les causes en sont palpables.

Qu'on jette un coup d'œil sur l'établissement de la hiérarchie constitutionnelle, sur la ligne de démarcation entre la fraction presque souveraine et la masse à peu près sujette.

Quant à la population, quatre-vingt mille électeurs, soixante mille familles, trois cent mille individus, d'une part:

D'autre part, trente millions d'individus.

Sous le rapport de la richesse, entre ceux-là, cinquante millions d'impôt foncier; parmi ceux-ci, cent millions en principal.

Et ce qui fait la différence essentielle, les premiers jouissant par tête, de deux mille livres de rente au plus bas de l'échelle; sans y ajouter les profits de l'industrie.

Les seconds possédant et cultivant par eux-mêmes, le fond de trois cents livres de revenu; par terme moyen.

A la suite desquels, il faut ajouter l'immensité des prolétaires, qui s'y rattachent par l'exercice commun du travail et par le degré analogue de pénurie.

La *Gazette de France* qui fournit ces détails, expose fort sensément, que si la classe active élevait les centimes additionnels pour accroître le nombre des votans, ce serait le petit nombre, la petite somme qui ferait la loi à la grande majorité des têtes et des cotes. (9 mai 1829.)

Il faut excepter la chambre des communes, dont chaque membre élu par telle faible ou forte section de votans, après son entrée au parlement, se rallie à la masse analogue, se réduit à en être une partie aliquote, et sort de la mémoire, l'intérêt propre de ses électeurs : dont tous les membres de l'un et de l'autre parti, ainsi confondus dans un être simple et compacte, mettant de côté toutes notions, toutes tentations de sorte personnelle ou de sorte locale, votent sous la dictée de l'opinion collatérale du pays, toujours éclairée, toujours concertée.

En Angleterre, où le mode des élections, au moins dans la forme, tend infiniment plus, à la création de l'oligarchie électorale, deux principes intimes neutralisent son influence effective.

Le sens national s'y montre : c'est-à-dire que l'intérêt privé, non sans lutter contre l'intérêt général, dans les temps de calme; aussitôt que les périls, que les chances seulement menacent, étant bien appris que la ruine du pays entraîne la ruine de tous ses habitans, se soumet et même se sacrifie.

L'esprit public y domine : c'est-à-dire que l'esprit de parti, l'esprit de corps, non sans s'exercer dans le silence ou pendant les débats de l'opinion; aussitôt qu'elle s'est formée et fixée, soit en dehors ou en dedans de la sphère électorale, s'évanouit.

De là, pendant la guerre, établissement de l'*income tax* ou de l'impôt sur le revenu, sous un mode semi-progressif; en ce qu'il n'était pas perçu jusqu'à un certain taux de fortune et était perçu en moindre proportion, jusqu'à un autre taux :

De là, depuis la paix, réduction immense du fond d'amortissement, et abolition entière de la taxe sur les sels, et abaissement du chiffre de la valeur des céréales pour la libre entrée.

De là, en tout temps; d'une part, fixation d'un droit modéré sur les sucres, objet de seconde nécessité en ce pays; et de droits énormes sur les thés, denrée d'usage moins impérieux, sur les esprits, liqueur d'usage souvent fâcheux;

D'autre part, augmentation successive de la taxe des pauvres, mesure commandée en un pays de fabrique, dépense supportée par la propriété déja grevée de la charge des dîmes.

En France, en place de l'esprit public, il n'y a que l'esprit de parti, divisé par classe et par secte, qui s'enfle dans les succès et s'aigrit dans les revers, qui ne cède jamais ni aux vœux de la conscience, ni aux menaces du temps :

En place du sens national, il n'y a que le vain jeu des langues, qui répond à l'impulsion des préjugés et des passions, qui s'exerce dans la sphère étroite des intérêts de coterie, qui n'étant en nul rapport avec l'action de la droite pensée, se donne cependant et trop souvent est pris pour la vraie et saine opinion.

Ainsi, la chambre élective telle qu'elle soit, égarée par de fausses lueurs, obsédée par des ombres vaines, se laisse aller à l'influence des colléges, d'où elle émana hier, où elle ressortira demain.

Ainsi l'oligarchie électorale, se forme à l'abri de tout contrôle, de tout obstacle, se consolide par l'effet même des actes qui en dérivent, et à l'aide du temps qui cimente également et le mal et le bien, jusqu'à ce qu'il détruise indifféremment l'un ou l'autre.

En sorte que les efforts prolongés de l'esprit humain pour entrer dans des voies meilleures, non cependant sans avoir écarté des risques majeurs, ont éloigné plutôt au lieu de les appeler, certaines chances propices.

L'arbre porte ses fruits : et ce n'est pas qu'il faille le raser par le pied, à cause de leur amertume : en s'y prenant à propos, l'art de la greffe est certain d'en améliorer la nature.

De nécessité, la hiérarchie constitutionnelle, enfante l'oligarchie électorale : jamais l'effet ne se rend maître de la cause.

Or, suivant les lois de cette hiérarchie, en ne parlant que du régime fiscal, la classe en dedans jouit au moins de deux mille livres de rentes, à quoi se joint communément un état public ou privé.

C'est de l'aisance : mais aussi il y a de l'intelligence, de l'ambition pour les enfans, surtout de la vanité dans le chef.

Tellement que l'aisance matérielle est alliée à la malaisance morale; et que cette classe dite moyenne, est difficile à amener au sacrifice imposé par l'équitable répartition des charges.

En dehors de la hiérarchie, les classes laborieuses se présentent ralliées, sauf une faible section que sa cote de 150 à 300 francs, en détache et rapproche de la classe moyenne.

Quant aux quatre cent mille cotisables de 100 francs et quant aux quatre millions de 20 francs, terme moyen, les conditions sont presque identiques : et en tout cas, les considérations se fixent sur les derniers, auxquels il faut joindre les travailleurs de toute sorte.

Ici, il n'existe que le nécessaire absolu, trop sujet encore à être entamé par les saisons et les maladies et les pertes fortuites : l'ordre physique domine seul; à peine un principe moral perce sous les auspices de la religion.

Tout parle pour eux, l'instinct de pitié, le sentiment d'humanité, l'esprit d'équité, tout jusqu'au principe d'égalité consacré par la charte.

Et de plus, les intérêts spéciaux de la population, de la production, dont le maintien, dont les progrès dérivent de leurs œuvres.

Telles sont les parties en présence :

Ici le droit; là le pouvoir : ici des titres; là des armes : d'un bord, la loi morale; de l'autre, le code légal.

Désormais et à jamais, quant à la France, point de droit à renaître et vivre; rien que le fait à poindre et s'éteindre.

Qu'il ne soit plus parlé du droit absolu, abstrait, qu'usurpent tour à tour et que ravissent l'une sur l'autre, et la souveraineté nationale, et la souveraineté royale.

Dans la réalité qui est à saisir, selon la fatalité qui est à subir, le droit n'est autre que le fait prolongé dans le temps, implanté dans les mœurs, consacré dans l'idée.

A ces titres, et seulement à ces titres, le droit existait naguères : non pas émané de la puissance céleste; et bien mieux, enfantant, nourrissant l'autorité royale.

C'était chose ineffable en valeur, intarissable en faveurs; à préserver de toute atteinte, à conserver immuable au fond, bien que variable en la forme.

C'était chose irréparable en sa perte, irremplaçable après sa ruine.

Mais tout est consommé;

Car le retour n'équivaudrait pas au maintien. Entre l'un et l'autre, s'est intercalé le temps, qui de plus en plus mine et sape; au lieu qu'autrefois, il cimentait, il consolidait.

Et le droit évanoui, anéanti de ce bord, n'a point à ressusciter, à se revivifier de l'autre.

En premier lieu, la souveraineté nationale porte en ses œuvres, un caractère essentiellement instable, et par conséquent inaliable avec le temps.

Il n'est que l'Être suprême, en qui une puissance dépourvue de limites, une volonté délivrée de règles, ne s'égare pas en son cours, ne se jette pas d'écart en écart, ne se porte pas de l'un à l'autre extrême.

Le temps coupé, entrecoupé à tout instant, vainement tente de se rejoindre, vainement aspire à se prolonger.

Or le temps seul, dans l'état de calme et de durée, a le pouvoir de faire du fait, le droit.

En second lieu, la souveraineté nationale, autant que moralement parlant, elle est tout; autant politiquement agissant, elle n'est rien.

Entre la théorie et la pratique, gît un abîme sans fond, sans bord.

Son exercice est-il concentré en quelques mains, le principe se trouve subverti, les conséquences se montrent interverties.

Qu'est-ce alors?

Une oligarchie envahissante, que la conscience de ses torts, que la connaissance de ses périls, rend oppressive, tyrannique, au dernier degré.

Logée au cœur de la place, abritée par les remparts sacrés, son feu meurtrier tend moins encore à repousser au dehors, qu'à réprimer au dedans.

A l'appel, à l'ordre des circonstances, c'est tantôt le long parlement d'Angleterre, tantôt la convention de France.

Et bientôt, la scène change de face; les choses tournent en sens contraire.

Son exercice est-il au contraire, dispensé ou délaissé à l'universalité des citoyens.

C'est pis encore.

Point de notions d'ordre général, point d'opinions de nature commune; point de volontés ni de convenance, ni de consistance.

L'intrigue veille et s'élance sur la facile proie.

Qu'il soit question, ou de mandats à rédiger, ou de mandataires à désigner, la plume et les boules, passent entre ses mains.

Le résultat final est pareil.

Quelque oligarchie se forme pour l'instant, et bientôt est supplantée.

C'est-à-dire que du bord de la souveraineté nationale, le temps ne dure pas, le droit ne se fait pas.

Comme du bord de la souveraineté royale, le temps ne reprend pas, le droit ne se refait pas.

Que l'ordre ancien revienne : à peine apporte-t-il quelque chance de raviver le droit abattu sous le coup.

Lui-même, il est réduit à l'état du fait : il lui

faut en subir les prescriptions, en remplir les conditions.

Si l'ordre nouveau demeure, bien moins encore l'espérance lui est laissée, de s'installer au titre du droit.

Seulement pour se soutenir un certain temps, pour n'être pas renversé sur l'heure, la même loi, lui est imposée plus rigoureusement.

Or, sous l'empire du fait, le pouvoir est discuté, est débattu, en son principe, en son origine.

A pareil titre, les adversaires le déclarent illégitime, et les auxiliaires le proclament légitime.

Et comme la légitimité ainsi que la vérité, ne se rencontre que sur une ligne, qu'en un seul point, au contraire de l'illégitimité et de la fausseté, les adversaires ont plus beau jeu.

De plus quant au pouvoir actuel, il faut dire qu'il n'a point de motif sortable, qu'il n'avait point de moyens plausibles, pour faire valoir sa cause.

En vain, il s'est fait donner des signes d'assentiment, émis librement en apparence; mais dans la réalité, commandés par l'amour de l'ordre et tout aussi bien adressés à son devancier ou à son successeur.

En vain, il se serait fait donner des marques d'approbation, à l'aide de registres, s'offrant aux signatures, ou d'urnes s'ouvrant devant les votes.

Ces artifices séduisans à l'idée ont été appréciés à l'épreuve : on n'y pense plus sans rire de soi-même ; on n'en parle plus que pour nuire à l'ennemi.

Le pouvoir ne l'a pas fait; et il a bien fait ;

Car l'acceptation après coup, était nulle en raison : et la répudiation n'emportant pas un autre choix, n'exerçait aucun effet positif.

Car les partis mis en présence, en venaient aux coups ; ou tel et tel parti s'abstenant, le résultat était vicié.

Car le mode d'avance voué à la critique, était impossible à régler convenablement.

Car pendant l'intervalle d'anxiété, tout s'ébranlait, se disloquait : de sorte que l'ordre n'eut pu être rétabli de long-temps.

Ainsi, il n'existe qu'un pouvoir de fait, et de fait récent de date, de fait incertain de durée.

Même, ce serait de fait équivoque d'origine, pour peu qu'on prétendît le déduire du principe de la souveraineté nationale.

Car, un principe jusque-là relégué dans la théorie, n'en sort et ne passe en pratique, que par suite de son exercice : lequel n'a pas eu lieu.

Le pouvoir a pris naissance en vertu d'un seul titre ; du titre le plus sujet à être débattu dans l'opinion, bien qu'étant le plus commun, le plus général en réalité.

C'est le titre de la nécessité, à prendre les choses où elles en étaient alors; le titre de la fatalité, à prendre les choses, comme elles allaient avant.

Il faut en croire une feuille qui après s'être rendue l'agent de la fatalité, se rend enfin l'organe de la nécessité (1).

Au gré de toute conscience, si ce n'est de toute parole, ni même de toute pensée, au 29 juillet, il n'y avait qu'une possibilité du jour et du lieu.

Du reste, ce n'étaient qu'impossibilités : lesquelles comptent encore à servir de thême à l'imagination, et ne comptaient pas du tout, quant à influer sur le dénouement des faits.

Mais ces impossibilités ne sont point de sorte absolue, de nature immuable : au contraire, si l'instant les retranchait des chances présentes, le temps travaille, à les ramener, dans les chances futures.

Dès lors, elles se transforment en possibilités, n'attendant plus que l'occasion propice pour se réaliser : et même en quelque occurence, il se

---

(1) Tout ce qui était dans les vœux des hommes au mois de juillet, n'aurait pu amener aucun résultat favorable.

Charles X, et, s'il eût abdiqué, M. le Dauphin, se seraient trouvés comme Ferdinand au milieu des Cortès.

La régence avec M. le duc d'Orléans, est une position que tout le monde a jugée.

La régence de Madame la Duchesse de Berry, en face d'un premier prince du sang, n'aurait produit qu'une des minorités les plus orageuses.

La Providence a mieux jugé que les hommes : et ses voies sont admirables. (*Gazette*, 12 avril 1831.)

peut qu'une seule possibilité existe, devenue ainsi certaine du succès.

Déja, cette chance extrême s'est rencontrée en juillet, dont la crise eut épouvanté d'avance, ou se fut terminée autrement, en l'absence d'une certaine circonstance.

Si semblable désastre est survenu à ce pouvoir, en qui s'alliaient et le droit et le fait, quels sont donc les périls d'un pouvoir à qui n'appartient que le fait.

Qu'on y prenne garde.

Parce que la crise n'est pas arrivée hier et n'arrive pas ce matin, il n'y a nullement à se rassurer pour demain, pour ce soir même.

Hélas, avant juillet aussi, le morne calme, la sourde paix, régnaient au dire des sens.

Et pourtant les matières combustibles s'entassaient, s'échauffaient; et le feu couvait dans leur sein.

La conflagration subite n'attendait qu'un souffle fortuit.

Faudra-t-il l'avoir prédit deux fois en vain?

« Que voyons-nous? ceux-ci aliénés, exaspérés: ceux-là affligés, désespérés. La parole publique n'est chargée que de plaintes, que de blâmes: dans cette atmosphère embrasée, l'idée fermente, éclate, foudroie.

« Hasard, accident, occasion marquent l'époque, règlent le mode: et tout est consommé.

. . . .

« Qu'il n'arrive jamais un 20 mars! en 1815, c'était toute une nation en deuil ou sous les armes : en 1824, c'était tout de même.

« En 1827..... la plume hésite. Peut-être la fraction dissidente, tellement minime qu'il était licite de la négliger en ces temps, apparaîtrait elle aussi : mais dans un sens diamétralement opposé ». (*Un autre ministre* : 1827.)

Chose inouie! après que les arrêts du passé ont tour à tour encouru l'anathême des derniers temps, voilà que le présent jette encore ses arrêts à l'anathème du premier jour.

Chose étrange! alors que le droit est fortement attaqué et faiblement soutenu; voilà que le pouvoir ne se fait nul scrupule de régler arbitrairement le fait.

Chose absurde! l'opposition se complaît, se délecte à récuser le principe; et l'opposition s'oublie jusqu'à accepter les conséquences.

Par exemple, une chambre survient en 1824, falsifiée par l'influence des fraudes et des menaces; puis une chambre survient en 1831, altérée et viciée par l'élimination à défaut du serment.

N'importe!! la salle s'est ouverte devant les élus, tels quels; et la tribune s'offre à l'accès, et l'urne attend les boules.

Allez; et faites, défaites, refaites les lois : toute sagesse, toute puissance vous est donnée.

Encore, rigoureusement parlant, cela se concevait aux premiers temps de la renovation politique; par la raison que les sources légitimes du pouvoir, à l'instant même jaillies des entrailles du sol, n'avaient point été explorées, analysées.

C'était comme des profondeurs de la grotte d'Égérie, qu'émanaient les oracles législatifs.

A cette heure, quel contraste! le scalpel de la presse a percé jusqu'au cœur des choses, a taillé et tranché dans le vif, a mis tout à nu.

Ici, c'est la royauté en principe; là, c'est la souveraineté en exercice, qui sont coulés à fond, sous les feux croisés des batteries opposées.

Même la représentation dite nationale y passe.

« Il y a de ces mots qui font fortune, parce qu'ils ont l'air de fournir une maxime toute faite. Le mot adopté après la révolution de juillet, ce fut *la majorité*, *le gouvernement de la majorité;* c'est là dessus que nous avons vécu depuis dix-huit mois....

« Quand on voit toutes ces majorités se succédant si rapidement, et se contredisant d'une année à l'autre, il est permis de concevoir des scrupules sur le gouvernement de la majorité....

« Quand l'opinion publique élève une voix accusatrice, le pouvoir ne réfute pas tous les griefs, en affirmant qu'il marche avec la majorité cette majorité, on le sait, est *une fiction légale;* mais la fiction est quelquefois trop forte. » (*Courrier Français*, 19 *février*.)

Le mot est par trop hardi, est un peu hasardé ; et par cela même, il porte coup.

Au vrai, fictif et factice ne sont pas synonymes. Tout ordre social est factice, artificiel, si l'on veut ; l'état naturel ne se rencontre qu'au fond des bois.

Tout ordre social est d'invention plus ou moins neuve, de convention plus ou moins vraie.

Seulement, à cause de la nouveauté, à défaut de la vérité, sa puissance, sa consistance, fléchissent de degré en degré.

Le sabre qui se donne à l'instant de la force, en même raison, s'enlève de la durée.

Or, le gouvernement de juillet est d'invention d'hier, est de convention à huis clos.

Il n'est pas implanté dans le sol, et plutôt il est comme superposé au pays.

Sans doute, il possède le pouvoir effectif, sinon à titre légitime, du moins à titre nécessaire : lequel est de valeur supérieure, de valeur suprême.

Quels que soient ses regrets et même ses espoirs, nul ne pourrait être tenté, sauf dans un accès de folie, de saper et renverser l'autorité existante :

Car l'autorité abattue dans son mode présent, ne se relève qu'à grande peine, sous une autre forme ; comme il se voit déja, comme il se verrait plus encore.

Mais le pouvoir et le droit ne sont pas en alliance indissoluble.

Le pouvoir est légal, ou il est légitime : en premier lieu, n'ayant que le droit provisoire ; en second lieu, ayant le droit définitif.

Pour être légal, les conditions se bornent, à ce qu'il ait été installé par la nécessité, à ce qu'il soit investi de la capacité.

Nul autre n'étant possible, et lui-même étant possible, tout pouvoir est sortable, est même valide.

Quant à devenir légitime, quant à conquérir le droit définitif, c'est toute autre chose.

Le gouvernement de juillet fut d'invention fortuite, de convention occulte.

Au vrai, il a été subi et non choisi ; aucun moyen n'étant donné à personne pour s'opposer à son avènement.

Et pourtant, en prenant le mot de gouvernement dans le sens de la réunion des pouvoirs législatifs et exécutifs ; dans l'origine, au gré de la même loi de nécessité, la dictature lui était dévolue.

Puis les temps s'écoulent et se calment : quelque pause coupe le mouvement; quelque remittence succède à l'accès. La nécessité se retire et retire avec elle le droit provisoire.

Bien qu'il fut d'invention fortuite, dont les causes ne se montrent plus au même degré ; le gouvernement n'est pas recherché sous le rapport de son titre.

Le plus souvent, le droit au pas tardif, au bras fragile, n'a qu'à consacrer, à couvrir d'un voile épais, la source quelconque du fait; trop inquiet en sondant au secret des choses, qu'il n'en jaillisse encore quelque fait nouveau.

Mais aussi le gouvernement fut de convention occulte, ou implicite ou sous-entendue.

Si, dans le trouble des esprits, peu de prescriptions lui ont été imposées, en retour lui-même s'est engagé à beaucoup d'obligations.

Tacitement, ou plutôt virtuellement, il y a eu un contrat synallagmatique, un contrat à conditions respectives et réciproques.

Gouvernement de convention, gouvernement à conditions, présentent deux mots, et ne présentent qu'un sens.

Il manque à reconnaître, à déterminer quelles étaient les parties contractantes.

Généralement, c'est d'abord le pouvoir mis en possession, entré en jouissance de l'autorité.

Vis-à-vis, ou c'est le droit avec sa puissance de nature morale, d'origine immémoriale, d'existence éternelle.

Ou c'est la force avec sa puissance de sorte matérielle, de source intermittente, de durée passagère.

Ici, dans le traité à régler avec le pouvoir, le droit et la force se rencontraient, se confondaient.

Tel est l'effet parfois propice, plus souvent funeste, des révolutions sociales, comme des révolutions physiques; que tout ordre est dissous, que tous les élémens mis en liberté reprennent leur valeur intrinsèque.

Dès lors, la masse fait poids, ainsi qu'elle faisait nombre; la masse fait la loi, après que la loi ne lui est plus faite.

Et le droit latent, la force patente, enfin d'accord, se décèlent, se démontrent en un seul lieu, dans le peuple.

Or, voyez Paris en juillet; voyez la France en août.

Là, on était maître; ici, on était libre : c'est-à-dire la masse, le peuple.

Là, quelque rumeur soudaine, quelque émeute fortuite jetait à bas le trône, rendait la chambre au néant.

Ici, la force d'inertie, l'acte de résistance, mettait à tout, *le veto.*

Eh bien, les parties contendantes, se sont transformées en parties contractantes.

Le droit a délaissé la force, s'est reposé sur la foi.

Le droit, au besoin se ralliant avec la force, ne bougera devant la foi tenue, s'armera contre la foi violée.

C'est immanquable ou tôt ou tard : et avec plus de désastres, après plus de retards.

Le gouvernement étant de convention, à défaut de la réalisation des attentes conçues, la convention est annulée.

Le gouvernement étant à conditions, par le manque de l'accomplissement des clauses entendues, les conditions sont enfreintes.

Et Paris, et la France se retrouvent libres, se remettent maîtres.

Mais quelles sont les conditions? les intérêts, les besoins, les vœux le disent assez.

Pour le peuple, la nature lui a fait un pays : la société ne lui a pas fait une patrie.

Chez le peuple, le mot de l'état ne vient pas même à l'idée : il ne le conçoit, ne le comprend, qu'autant qu'il est frappé du coup de la conscription ou de l'imposition.

Le peuple, vraiment bête de somme, traîne la charge et ne goûte point aux fruits.

Aussi, ses conditions à lui, et par conséquent les vraies, les seules conditions sont brèves et nettes.

Et les tenir, sauve ; y manquer, perd.

Tremblez donc que courbé, écrasé sous la charge, quelque jour l'odeur des fruits ne vienne à l'allécher ; et que se soulevant, se retournant soudain, il ne dévore d'un trait, et récoltes et semences.

Ses conditions ne sont autres, sinon que la charge soit enfin allégée ou soit mieux répartie.

Jouissez, heureux du jour : quant à vous, en très grand nombre, on sait trop quel prix en a coûté ; on doute fort que le profit le balance.

Le malheureux n'aspire qu'à vivre. Ce n'est rien pour vous, tout pour lui.

Laissez le vivre.

Autrement le droit retourne à sa source naturelle ; le droit rentre en sa force primitive.

Et l'insurrection est, sinon le plus saint des devoirs, du moins le plus sacré des droits.

Et tout passe au compte de votre conscience, dans la succession des désastres ; car le tort vient de vous.

Or, il ne s'agit point de concessions à accorder ; acte de caractère libre, fait de pure volonté.

Ce sont des conditions à accomplir ; lois de devoir et d'honneur, lois de repos et de salut.

D'un siècle à l'autre, sous la tourmente des révolutions, pendant le bouillonnement des passions, la vérité des choses a été mise à nu; dévoilant la démarcation tranchée entre les sommités et les bas-fonds de la société, et déterminant la séparation finale de l'immense masse des souffrans, avec la rare espèce des jouissans.

La cité renferme, la nation comprend, deux peuples distincts; la race à bras où la force est recelée; la race à cerveau où s'agite l'idée.

Entre elles, il n'y a point de relations mutuelles et réciproques : il n'y a point d'alliance, point de contrat, tacite ou formel.

Même leurs mouvemens s'exercent à part; ici vifs et légers; et là, lents et rudes.

Tantôt, il en dérive telle et telle révolution politique; tantôt il en résulte quelque révolution sociale.

Et celle-là est multiple en ses formes; au lieu que celle-ci est une, et seule en son genre.

Et la première précède toujours la dernière; toutefois sans que la dernière lui succède toujours.

Aux temps passés, à travers la révolution politique, survint la révolution sociale : bien que sous un mode légal, attendu que le pouvoir avait passé en d'autres mains.

Aux temps présens, par suite de la révolution politique, de même la révolution sociale est prête à survenir : cette fois ayant à s'effectuer en dehors, à l'encontre de la légalité.

L'une étant faite, par l'entremise du pouvoir, eut le moyen d'assouvir et d'apaiser l'effervescence des masses, en leur jetant de la pâture en suffisance.

L'autre au contraire, serait faite en dépit du pouvoir; si l'effervescence devait être excitée, en grévant les masses, de charges odieuses et onéreuses.

Il semblerait qu'on y aspire, à la manière dont les choses sont réglées.

Remontons jusqu'à l'origine des faits.

Une révolution éclate; vaguement entendue, fortuitement opérée, spontanément accueillie.

Avant, peu de gens la désiraient : moins de gens encore y comptaient.

Après, le grand nombre s'y rallie : bien que sans s'en réjouir et sans s'y reposer.

Le fait consommé n'a été accepté à vrai dire, que dans la vue d'éviter un fait de même nature, et en tout autre sens.

On a vu un terme aux révolutions, dans la révolution même.

Cependant, tous ces actes divers, et de conception, et d'exécution, et d'adoption, se sont passés, à huis clos, en l'intérieur de la classe moyenne.

Sauf dans les villes et encore par des cris, nulle participation n'a eu lieu de la part de la classe laborieuse. Laquelle d'abord indifférente, comme à chose qui ne la concernait en rien, bientôt est devenue répugnante sous le coup des fâcheux résultats.

Quant aux campagnes, dans l'Est et au centre, alléchée par les souvenirs, la convoitise du bien d'autrui, a rallié d'abord à la révolution, et puis ayant été réprimée, en a éloigné.

En somme, la classe moyenne y a seule pris goût; et seule elle en tire profit, au moins en idée.

Sur huit millions de familles, tout au plus un million attache quelque importance, éprouve quelque jouissance, à l'avénement, à l'affermissement de l'ordre actuel.

Vainement la tribune et la presse s'évertuent à proclamer que la France veut de la liberté, de la dignité, de la grandeur.

Chacun se fait une France à son image; si bien qu'il se rencontre sur le papier, mille et une France; tandis que dans le pays, il n'y a aucune France, au moins de telle sorte.

La France, pour peu que la majorité compte encore, dans le rapport de sept voix contre une au plus, en tout et pour tout, veut vivre et ne veut que vivre.

Vœu simple et naturel, autant qu'il apparaît; et pourtant difficile en tout temps, plus difficile que jamais à satisfaire.

Oh! comme la France ferait bon et joyeux accueil à la révolution quelconque, qui lui donnerait à tous lés jours, du pain en retour de ses sueurs.

Comme la France aurait battu aux champs, au premier appel d'une couronne à la Henri quatre, qui lui eut assuré de temps à autre, la poule au pot.

Et quel doit être le remords des chambres à biens-fonds, des cabinets à crédit, qui ont méprisé les conseils de la politique et de la morale?

Laissons le passé désolant; que peut seul effacer de la pensée, un avenir plus désespérant encore.

Qui a fait la révolution, est astreint à subvenir aux dépenses, à subir les conséquences; sauf à s'approprier les bénéfices.

Qui a fait la révolution, est contraint à libérer de tous frais, à rédimer de tout dommage, qui n'y conniva pas et n'en profite pas.

Il est question de l'impôt seulement.

D'où vient la prolongation de certaines taxes, sinon de l'armement monté sur le pied de guerre, et de l'amortissement commandé à l'appui de l'emprunt.

On a fait une révolution : et elle n'eût pas été faite, si la peur, venant avant le risque, avait instruit des suites.

En retour, on a peur à la vue de son œuvre.

D'autant on se sent faible et débile, d'autant on imagine les ennemis forts et agiles.

La témérité ne pousse point à l'attaque, afin de les dompter et d'abattre leurs forces, de détruire leurs ressources : seul moyen d'être libéré de la peur.

La pusillanimité plutôt engage à la défense ; comme si d'instant à autre, allaient apparaître les aggresseurs, les envahisseurs ; comme si cette citadelle géographique de France, derrière ses remparts de fleuves, de montagnes et de mers, devait redouter l'assaut.

Pauvre révolution, enfantée du hasard !! A peine le jour l'éclaire, qu'elle a peur et agit à l'escient : il lui manque à voir qu'on a peur d'elle, et à se comporter en conséquence.

Or, qui a peur d'elle ne peut croire qu'elle a peur aussi ; et prend d'autant plus la peur, à mesure qu'elle se laisse aller à la peur.

Car l'attaque, la défense, s'apprêtent en la même façon ; et, suivant les desseins, se prêtent l'une à l'autre les forces préparées.

C'est si clair maintenant, qu'il n'existe au dehors, dans les vœux inquiets, que calme et paix ; par cela même qu'à l'aspect de la marche parfois impétueuse et toujours indomptable du siècle, le *statu quo* est le *nec plus ultrà*.

C'était si clair de tout temps, qu'il n'existait au dehors ni capacité d'agir, ni faculté de vouloir, en fait de levée de bouclier.

Voyez comme de tous les bords on vient à l'avouer de force, après l'avoir nié par artifice.

Lisez comment en un certain lieu, on l'a affirmé sans relâche et démontré sans réplique. (*Note* : p. 55.)

Mais, pour Dieu! qu'on essaie, du moins; qu'on hasarde l'épreuve.

Encore l'alliance des puissances ne se formera pas en un clin-d'œil; encore un million de guerriers ne va pas fondre à la façon de la foudre.

Et quel cri de réprobation s'élèverait au sein des peuples étrangers, à l'advenance d'une invasion alors privée de motifs, en prudence comme en justice.

Et quel cri d'indignation se répéterait des quatre coins de la France, en haine, en horreur d'une entreprise impie, sacrilège.

Au dehors, la force morale éteinte, au dedans, la force morale ravivée, si elles ne servaient de garanties contre les projets, du moins porteraient toute certitude, quant au succès.

Même, par un tel acte, le cabinet se ferait fort de puissance, se ferait certain de durée.

Autant les mesquines tentatives indiquent la faiblesse de conception ou de position, et appellent jusqu'aux lâches à prendre de l'audace.

Autant une haute et grande résolution, imposant le respect, prête plus de force qu'il n'en existe réellement, et donne un ascendant qui à peine eut été obtenu par des faits éclatans.

Or, si le pouvoir exécutif ne peut oser, ou si le

pouvoir législatif ne veut tolérer, ou si le pouvoir représentatif ou électoral n'entend adhérer, à eux revient et la charge des risques et la charge des dépenses.

Eh! laissons-les s'armer jusqu'aux dents; laissons-les emprunter outre mesure; laissons-les amortir à l'appui; laissons-les imposer par suite.

Libre à eux de braver les menaces de l'avenir et d'aggraver les désastres du moment; mais à leurs frais et périls.

Et non libre à eux, ni en droit, ni en fait, de faire subvenir, au gré de leur vaine idée, la population en nombre des neuf dixièmes.

Laquelle, bien qu'elle n'ait nulle part, ni à l'exécution, ni à la législation, ni même à la représentation, néanmoins n'est autre que la nation française, en réalité, en vérité.

Car alors, bien autrement que les droits conventionnels furent lésés par les ordonnances de juillet; certes, les droits naturels et primitifs, les besoins inhérens et essentiels, les intérêts vitaux, auraient titre à s'insurger, à s'armer, et vaincre d'emblée aussi.

Un mot suffit: un mot trop souvent vide de sens, maintenant plein d'autorité.

Tout peuple est son maître.

Nul peuple n'a de maître.

La souveraineté ainsi vaguement dénommée, n'est vraiment que l'empire de la majorité.

Qu'on fasse donc le compte.

Là, pas un million de familles avec des chefs ayant voix par décret.

Ici, sept millions et plus de familles avec des chefs ayant droit par nature.

« Dans notre siècle, il n'y a plus de nations dans le sens des nations de l'autre siècle, dont les poteaux de douane traçaient la délimitation et réglaient la concentration. Parmi les êtres éparpillés sur le sol de telle et telle zône géographique, des sectes hostiles se sont formées, que la répulsion isole entr'elles, au milieu de la société même, et que l'attraction rallie, au-delà des confins, avec les sectes analogues.

« Et par derrière, par dessous, perce une race, encore à l'époque de l'enfance, encore dans l'état d'innocence; qu'enivrera l'esprit du jour, qu'emportera le tourbillon du mouvement. » (*La Péninsule en tutelle*, 1828.)

Ces paroles furent trop vainement adressées, aux souteneurs de dom Miguel, qui, en conseillant la perfidie, en défendant l'usurpation, travaillaient à leur insu, à semer et propager le doute, sur le caractère de loyauté, sur le principe de légitimité des rois.

Et l'évènement de 1830, n'a pas tardé à les justifier, en amenant les insurrections de Belgique et de Pologne, de Suisse et d'Italie : celles-là semblables en justice et diverses en fortune; celles-ci également peu fondées et différemment terminées.

Et quelqu'autre évènement du siècle, ne manquera pas à les réaliser dans un tout autre sens : auquel elles sont appliquables à titre pareil.

C'est que dans le sein de chaque peuplade, agglomérée sur le même sol nourricier, et circonscrite par les mêmes limites territoriales, il existe aussi deux races fortement tranchées, et complètement détachées, non plus en idée et par les opinions, mais en réalité et dans les intérêts.

Deux races, dont la position sociale est telle, que la supériorité en nombre, en droit, en force est alliée à l'infériorité en pouvoir : et que l'infériorité en ressources, en jouissances, est vouée à la supériorité, en charges, en exigeances.

Là, il semble d'une nation de conquérans qui vit en société à part, qui compose à elle seule la cité, qui possède l'empire et inflige la loi.

Ici, on croit voir une nation de tributaires, qui est parsemée au hasard, est dépourvue de liens et de rapports, est réduite enfin à subir, à pâtir.

En place de serfs attachés à la glèbe du sol, les temps présens dénoncent des serfs attachés à la glèbe du fisc.

Entre l'état, ainsi qu'il plaît de le dénommer, et cette fausse sorte de membres de l'état, il n'y a communauté, que par l'intermédiaire des subsides que versent ceux-ci, que touche celui-là.

En aucun point, il n'y a mutualité, réciprocité : les derniers, n'ayant d'autres fonctions que de subvenir aux besoins d'une cité étrangère ; et le premier, n'ayant d'autre mission que de dispenser entre ses féaux, les recettes ainsi obtenues.

C'est en France surtout, que prédomine cet état des choses : par cette double raison que la race souveraine a perdu dès long-temps les mœurs préservatrices, et que la race sujette n'a pas acquis encore les lumières protectrices.

Et la révolution de 1789, loin de l'améliorer au fond, seulement en modifia les formes; loin de libérer les sujets, seulement installa d'autres souverains.

Car l'abolition des dîmes, la spoliation des rentes, l'aliénation des biens, n'a profité qu'aux propriétaires, et encore en petit nombre.

Et la révolution de 1830, sans altérer l'état des choses et des personnes, vient aggraver plutôt qu'alléger les charges; vient appeler plutôt à la résistance par son exemple, que ramener à l'obéissance par son ascendant.

Or, le temps vole en ce siècle : même la loi travaille à précipiter son cours, en répandant au plus vite, cette vaine instruction de mots ronflans : pâture enivrante dont se gorge la vanité ; pâture indigeste qui trouble l'intelligence.

On n'a donc rien appris; on a donc tout oublié.

On ne sait pas, on ne sent pas que l'oppression matérielle n'a jamais été entretenue, qu'au moyen de la compression morale.

Instruisez, éduquez, émancipez les esprits :

rien de mieux, pourvu qu'en même temps, vous n'alliez pas irriter, exaspérer les ames.

Quelle folie que d'amasser les matières inflammables, et de lancer l'étincelle fulminante.

Il y a 40 ans que ceci a été dit.

« Telle est la marche des aveugles sociétés de l'Europe.

« Le mal est au comble; la misère brise les ames et le luxe les avilit : l'un et l'autre minent les facultés.

« Qu'en arrivera-t-il? Et devons-nous compter long-temps sur le repos apparent des sociétés humaines : où la pente habituelle des choses, l'union factice de quelques-uns, et la crainte de l'emploi de la force, ont jusqu'à présent neutralisé, la puissance réactive de la souffrance presque générale.

« L'homme se tait encore : le citoyen se taisait aussi. Tout a son terme ; le premier droit qui soulève la pesante main du temps, ouvre une route large et facile devant tous les autres droits. » (*Les Prédictions de 1790 : 1831.*)

A peine la société y a échappé, à la suite de la première révolution. Alors le frein de la religion et les chaînes de l'habitude, retenaient les masses ; ou l'ignorance crasse n'apprenait pas la force, ne combinait pas l'alliance.

Maintenant, le contraire existe en tout point.

Eh ! vous aurez bien d'autres concessions à

faire : afin de ne pas périr sur l'heure, et sauf peut-être à périr un peu plus tard.

L'impulsion a été donnée en 1789, et redonnée en 1830.

Une fois mise en branle, la machine humaine, fait quelque courte pause, et bientôt reprend, et toujours poursuit son mouvement, jusqu'au point d'arrêt de l'abîme.

Que sont devenus le clergé et la noblesse, les Etats et les parlemens, promoteurs de la première révolution; y compris leur existence politique, civile et morale, bien qu'elle fût enracinée au cours des siècles.

Que deviendront les génies de la doctrine, les gens de robe et de banque et de fabrique, provocateurs de la seconde révolution; avec leur existence de fraîche date et de titre véreux, qui fut posée par le sort, sur les sables les plus mouvans.

Le fleuve d'oubli les entraînera pêle mêle.

Insensés, et les uns et les autres se disaient : nous irons jusque là, pas plus loin.

En effet, ils n'ont été ou n'iront pas plus loin : car au terme fatal, d'autres leur succèdent et les supplantent : qui vont aussi jusque là, et pas plus loin; attendant à être débusqués, devancés en la même façon.

Et déja dans les flancs du temps, le dénouement final est conçu, prêt à naître, à la première occasion propice.

Et jamais le temps n'avorte : seulement, il accouche par un travail lent et doux; ou bien il jette au jour, le fruit nourri dans ses entrailles, au milieu des plus horribles convulsions.

Ici, point de curatif, à peine des palliatifs.

Même, le pouvoir en y portant tout son art, en ne ménageant point sa peine, ne peut guère se promettre d'appliquer aucun remède efficace.

Tandis que dans le sens inverse, ses mouvemens déréglés, désordonnés, ne manquent pas d'accélérer et d'aggraver la crise.

Or c'est ce qui arrive.

On fait si bien, que de donner en risée, et aux Français, et aux étrangers, là le système représentatif, ici le caractère national.

Deux chambres qui ne veulent rien d'accord.

Une chambre fondue sous un violent coup de feu et jetée dans un moule d'invention nouvelle; qui prend pour la force réelle quelque titre fictif, et consomme sa puissance relative au soutien de quelque principe absolu!

Une autre chambre, qui née au sein des hasards, semble se croire impreignée de l'esprit d'en haut; qui jaillie à travers la lutte des passions, s'imagine être douée de la raison suprême, être investie de la pleine autorité

Au milieu, entre Charybde et Sylla, un cabinet vraiment contraint de louvoyer sans cesse et de serrer le vent au plus près: mais aussi se laissant trop ballotter de bord et d'autre, et se portant trop à prendre en petit sa revanche, des revers essuyés en grand.

Ainsi tout va cahin-caha, pour se servir de la seule expression sortable.

Tout va, jusqu'à ce qu'il apparaisse quoi que ce soit, autre que ce qui est:

Et cependant, chez l'inexpérience de l'âge, parmi la malaisance de la vie, s'implante et grandit l'esprit anarchique ; en même temps que la maturité et la médiocrité moins besogneuses, moins aventureuses, se lassent et tombent dans l'état apathique.

Tellement que le problème de l'avenir n'est plus susceptible, que de l'une ou de l'autre de ces solutions.

Savoir, que le despotisme advienne avant, ou survienne après, la crise de brutalisme, de vandalisme, de subversion sociale.

Heureux encore, si c'était que son avènement dut précéder et prévenir la déplorable, la formidable catastrophe.

Mais comment y porter foi, y prendre repos ! comment s'attendre que tous les partis, qui de même ne comprennent pas la récente leçon, qui de même suivent les droites voies de l'abîme, s'éclairent, et s'effraient, et s'arrêtent à temps.

« L'individu pris à part, n'est qu'un atôme : la société saisie en bloc, n'est qu'une formule.

« Entre ces existences frappées de nullité, se rencontrent les seuls êtres doués d'aptitude et de capacité : c'est-à-dire, les aggrégations, les associations d'individus.

« Lesquels sont appelés à la vie, par l'influence des intérêts ou des opinions analogues, et sont investis de force, au moyen de leur contact, par suite de leur alliance.

« Mais prenez garde : il n'est point dit que les vrais droits, que les besoins réels soient mis en contact, et se mettent en alliance.

« Au contraire, la distance des lieux, la continuité du travail, le manque d'intelligence, et même l'immensité du nombre, coïncident pour empêcher qu'ils s'entendent et s'accordent.

« Dans l'ordre politique et économique, les associations ne se forment, qu'aux titres les moins précieux, moralement parlant.

« Et n'étant point balancées, point réprimées, elles acquierrent la consistance, elles usurpent la prépondérance : tantôt tournant en faction, tantôt poussant au monopole.

« Qu'on ne s'attende pas que dans la sphère intellectuelle ou matérielle, ce qu'il y a de plus juste, ce qui seulement est juste, se rallie et s'unisse en un corps, s'investisse de l'être, s'arme de la voix.

« Toujours c'est en raison inverse des misères, des mérites, que la plainte perce et frappe.

« On sait pâtir, on sait périr : tant la nécessité asservit.

« On ne sait pas prier ; encore moins on sait crier : tant le désespoir abrutit.

« A cet égard, le pouvoir a un devoir : il lui incombe de rechercher, de reconnaître le mal, et d'inventer, d'appliquer le remède.

« Autrement la société n'est qu'une vaine, qu'une fausse formule ; où les profits et les charges sont répartis à rebours du droit. » (*De la limite de l'Impôt :* 1829.)

Voilà ce qui fut autrefois, ce qui était naguère, ce qui est maintenant.

Voilà ce qui cessera d'être tôt ou tard : soit par l'opération douce et lente des actes volontaires ; soit par la dure et rude irruption des actes nécessités.

Ou le pouvoir agira à l'effet de préserver et de maintenir ; ou le droit réagira au risque d'abattre et de détruire.

Peut-être la voix du peuple, *vox populi*, dont il est fait tant d'éclat, jamais ne fut aussi couverte, ne resta ainsi étouffée.

La cause en est simple et claire.

Des accens quelconques manquent à être entendus ; tantôt parce que l'oreille se ferme à l'approche, tantôt parce que des cris bruyans assourdissent l'oreille.

Or, il y a entre la forme représentative ou la fiction légale, comme elle est dénommée ; et la forme monarchique ou la fiction légitime, ainsi qu'elle pourrait être désignée, cette différence tranchante.

Que celle-ci est seulement trop disposée à l'indifférence pour les plaintes et les reproches, de quelque lieu qu'ils s'élèvent : au lieu que sous celle-là, la prééminence, la domination sont conférées à quelque sorte de droits et d'intérêts, au détriment de telle et telle autre.

Aussi, que voit-on ?

Une ancienne classe jetée à bas ; une classe nouvelle poussée au faîte : du reste, nul mouvement, nul changement.

Et des révolutions se succédant, transportant ailleurs les droits politiques, sans que les droits sociaux soient réhabilités.

Et des intérêts exclusifs, exceptionnels se donnant pleine satisfaction : sans que les intérêts vraiment nationaux reçoivent aucune réparation.

Et trop souvent, des crises advenues par suite, entraînant une série de désastres, dont le contre-coup frappe les classes laborieuses.

Même tout cela s'opère de bonne foi : tant l'instinct d'égoïsme est habile à s'emparer de la conscience ; tant l'esprit de coterie ne voit, ni n'entend au dehors de son cercle.

C'est comme de plein droit, que la classe promue, se substitue à la classe déchue : et s'identifie aussi avec l'état; et se fait un devoir, un honneur, chose étrange, de son intérêt privé.

Ecoutez plutôt la tribune et la presse : à peine quelques voix éparses, quelques phrases fugitives, s'avisent de soutenir la cause sacrée de l'humanité.

Les soi-disant amis du peuple, n'en parlent que pour la forme ; et s'en servent à titre de moyen, au lieu de la prendre au titre de fin.

Les saints-simonistes même, d'abord si bien inspirés, ont abandonné sa défense, pour se lancer dans des incursions périlleuses.

De toute part, les idéalités obsèdent et absorbent, ne laissant point de lieu, point de temps pour les réalités.

A tout prix, à tout risque, les idéalités ont à s'accomplir en plein et sur l'heure : remettant après leur triomphe, à appeler au partage les réalités.

Car, et cela est bon à dire, tel est l'ascendant intuitif des saintes dictées, que chaque parti se range sous leur drapeau, et se promet vainqueur, de revenir à leurs autels.

Mais vainqueur aujourd'hui et demain vaincu; passant de la défensive à l'aggression, le temps n'advient jamais : et ses vœux demeurent des rêves.

Ici, royauté absolue ou adoucie, oligarchie innée ou inventée, enfin république quelconque, ont de même encouru le blâme, ont de même subi la peine.

Mais aussi quelle insanité, et de bord et d'autre? Qu'êtes-vous donc en nombre, en force, en titre?

En des temps récens, sept hommes par département, au dire d'un écrivain fameux qui bientôt renia ses premières maximes.

Aux anciens temps, quelques milliers de familles, à la fois s'enrichissant en vanité et s'appauvrissant en capacité : qu'une parole exprimée avec trop de dureté et hors de toute convenance, vient de qualifier (1).

Aux derniers temps, les mêmes familles, depuis 25 ans dégradées de leur rang, et soudainement ramenées au faîte : non sans que la tête en tournat quelque peu; non sans que le cœur se fut amolli à travers tant de crises.

Dans les temps actuels, d'autres familles, au quadruple peut-être, marquées au chiffre de la

---

(1) A la faiblesse du pouvoir, vinrent se joindre les fautes de ceux qui devaient le soutenir. La noblesse, plus préoccupée de ses intérêts que de ceux de la royauté, émigra, séparant ainsi sa cause de celle de la nation. Louis XVI périt parce que cette classe de Français, au lieu de défendre la monarchie et la nation, ne défendit qu'elle-même. (*Gazette*, 6 février 1832.)

cote, et point en raison de l'aptitude, de l'intelligence.

Or qu'y a-t-il contre vous? en nombre, en puissance, en droit.

D'abord, la classe de nouveau abaissée et froissée en ses espoirs, blessée en ses sentimens, lésée en ses intérêts.

Ensuite, la classe de plus en plus s'élevant en talent, s'emparant de l'opinion ; et ardente à se venger, aspirant à dominer (1).

Enfin, la masse nationale, sans cesse induite, leurrée, trahie ; et par le fait, apprenant ses forces ; par le temps, acquérant des lumières.

La masse nationale vouée au travail, et rivée au sol ; donnant à vivre à tous, et à peine gagnant à vivre.

C'est-à-dire, ici tout, et là rien : ou du moins un infiniment grand, un infiniment petit, qu'il n'y a moyen de mettre en présence, en balance.

---

(1) Le premier soin doit être d'admettre dans les colléges, tous les membres du jury.

Quand la presse, la parole sont en pleine liberté, ont la toute-puissance, on traite leurs organes en îlotes, on les transforme en ennemis.

Les défenseurs sont recherchés, où il n'y a que faiblesse : où gît toute la force, les assaillans sont provoqués.

Or, comment cet enfant de pouvoir, informe encore, et long-temps débile, y tiendrait-il ? (*La loi des circonstances*, 1830.)

C'est-à-dire, la France, la seule France, la vraie France : dont les intérêts sont méconnus ou méprisés, à peu près au même point, sous tous les régimes de sorte quelconque, à titre quelconque.

Et cependant quels intérêts sous le rapport du nombre, de tant d'êtres passifs de droit et souffrant de fait, vis-à-vis si peu d'individus actifs en droit, jouissant en fait.

Quels intérêts sous le rapport du travail allié à la misère, des mœurs tenant aux habitudes, de la religion inoculée de naissance!

Quels intérêts sous le rapport de la renovation obligée de la société, dont les classes diverses, à mesure que le sort les favorise, viennent à s'altérer, puis à s'éteindre; et que doit rajeunir, régénérer, cette race élevée en la retraite, éduquée à la peine, investie de force.

Intérêts ineffables, dont chaque fragment pris à part est insignifiant de poids, dont la masse entière est éminemment prépondérante.

Qui pourtant ne sont point représentés, et sont jetés à l'écart, sont relégués en dehors de la chose publique :

Qui jadis, étaient tenus en état de minorité, sous le joug de la force brutale; qui maintenant, sont rendus de nouveau au même état, par l'abus des lois fictives.

Moralement, c'est tout : la fraction excédante n'étant pas de nombre à être considérée, n'ayant pas le besoin d'être favorisée.

Légalement, ce n'est rien : le pouvoir ayant été saisi, non sans juste cause, par cette fraction, et n'étant exercé à grand tort, que dans ses intérêts.

Voilà la vérité pure et nette ; la vérité suprême, d'où émane le droit, où se rapporte le devoir.

Or, à prendre les choses de la terre, de cette hauteur de vues, tous les principes, tous les axiomes sublunaires, sont mis au rebut.

En premier lieu, dans les anciens temps qui se sont éteints, le pouvoir royal, tuteur naturel et seul représentant de la vraie France, de la nation réelle, avait pour droit comme pour devoir, de soutenir sa cause ; au risque de rompre en visière à la France simulée, à la nation conventionnelle.

Car si la majorité fait autorité, et donne raison, porte justice, même prête main-forte : encore y a-t-il à la calculer au sein de la population totale, à la reconnaître dans trente millions d'êtres, plutôt qu'en quelques milliers d'individus.

Et comme le peuple proprement dit, ne présente que le caractère de l'agglomération, au lieu de celui de l'aggrégation, il faut bien que tel ou tel pouvoir, soit appelé à vouloir, à agir pour lui.

Et comme le pouvoir formé par la voie d'élection, se laisse dominer par l'intérêt trop souvent opposé de ses commettans, il faut bien que le pouvoir émané du principe d'hérédité, vienne à l'aide, à l'appui.

D'où, en certaines circonstances, et soit que la chambre constituée se prévale de son titre légal, au détriment des intérêts vraiment nationaux ; soit qu'égarée par quelque vaine idée, elle menace de troubler la paix de l'Etat, qui seule assure le maintien des existences :

Alors le pouvoir royal se voit autorisé à franchir à travers les formes sociales, afin de préserver de toute atteinte, le fonds même.

Ainsi qu'il fut si bien exprimé dans ces paroles mémorables d'un publiciste non suspect.

« Si des esprits hostiles et tracassiers venaient à brouiller les principes, de manière à ce qu'une partie de la charte parût en opposition avec une autre, quelle est la partie qu'il faudrait préférer ? Le roi a juré de défendre nos libertés ; mais il a juré aussi de défendre les droits de sa couronne, liés au systême des libertés : le roi a juré encore de conserver et de protéger la paix de son royaume. Or, si par des combinaisons artistement préparées, on composait une situation, dans laquelle le roi ne croirait pouvoir observer littéralement le texte de la charte relatif à nos libertés, sans compromettre les droits de sa couronne et la paix de l'Etat : ces deux objets de son serment, mis en présence l'un de l'autre, et opposés l'un à l'autre, pourraient avec les meilleures dispositions du monde, lui causer de l'embarras. » (*Le Ministère et la Chambre*, par le comte de Montlosier, pag. 52, janvier 1830.)

En second lieu, dans l'ère nouvelle qui vient de s'ouvrir, ou le pouvoir royal ne naît plus de droit, ne vit plus que par le fait; ou la chambre législative est élue, à peu près de nécessité, en la plus étroite façon, et en même temps est investie d'une puissance de la plus haute intensité : quelles seront les sauvegardes, les garanties?

Le pouvoir a changé de mains, ou plutôt s'est réuni en une seule main; et cela n'altère nullement le droit en son principe, cela en compromet seulement le libre exercice.

Sans doute, ce serait le mieux, que le pouvoir qui n'existe qu'au titre idéal du droit, n'agit jamais qu'en vue réelle du droit : c'est-à-dire que la chambre, bien loin de soigner les intérêts et des députés et des électeurs, se résolut à ne servir que les intérêts de toute la nation, de la nation seule.

Et comme les intentions sont sujettes à échouer devant les influences, les forces et les lumières auraient à lui être données par la libre communication et la loyale discussion des opinions.

Car il n'y a pas à parler de la franche et large coopération au pouvoir : mesure trop périlleuse et souvent décevante.

L'exemple de l'Angleterre est là.

« En ce pays, les chambres ne se considèrent elles-mêmes qu'à titre d'organes, quant à l'intérêt général; qu'à titre d'arbitres entre les intérêts privés.

« Et pour se rendre organes, il leur faut écouter, entendre l'opinion publique, expression animée de l'intérêt général, dont la presse, semblable à un miroir ardent, est appelée à concentrer, à réfléchir les rayons.

« Et pour se porter arbitres, il leur faut consulter, balancer les vœux et les besoins divers exposés au nom des intérêts privés, auxquels l'esprit d'association prête un corps, souffle une voix.

« Car entre l'individu et la société, se rencontrent les seules existences palpables, les seules influences appréciables, les aggrégations d'intérêts analogues.

« Au moyen de leur institution, il n'existe plus un seul être dont la parole ne soit pesée et la voix comptée, dont l'intérêt et le droit ne soit mis en valeur, érigé en puissance, par son alliage, sa fusion, avec tous les intérêts homogènes, avec tous les droits identiques.

« La société ne renaîtra, ne revivra qu'autant que le pouvoir viendra à rechercher, à protéger, à favoriser l'intérêt général, et à stimuler la formation de l'opinion publique, traduction sensible de cet intérêt. » (*Du Projet de loi sur la Presse*, 1827.)

Or, voudra-t-on, saura-t-on faire une société? tout est là.

Sinon, dès-lors qu'il n'y a pas de société, la loi, le pouvoir, s'évanouissent, s'anéantissent.

Le droit reste seul, comme il en était au fond des bois; où du moins, le nombre auquel il est le plus souvent attaché, l'investissait toujours de la force.

Sinon, il n'y a plus qu'à frémir, en jetant un regard sur cette situation tout-à-fait semblable en 1830 et en 1790.

« Tout ce que la nature a de plus inviolable, en opposition avec tout ce que la société a consacré : le poids d'un principe immuable et imprescriptible, vis-à-vis la masse des coutumes et des lois de dix siècles; la position du misérable fort de son droit qu'il exalte jusqu'au terme de la dissolution de l'ordre social, contre la légalité rigoureuse, dont le puissant prétend couvrir jusqu'à ses usurpations. (*Fragments d'écrits de* 1790.)

Sinon, il n'y a plus qu'à donner une dernière larme, à ce malheureux peuple.

« Tour à tour dévoué à la tyrannie et à la barbarie; tantôt martyr et tantôt instrument de l'ambition; toujours victime des passions étrangères ou de ses propres passions : enfin objet unique de la sollicitude. (*Idem.*)

NOTE.

Qu'entend-on par ces mots, la paix à tout prix?

Certes la paix est sans prix, est au-dessus d'aucun prix. Et dès-lors, à tout prix, il la faut.

Faites la guerre, le monde entier retombera dans le chaos. (Général Sébastiani.)

Faites la guerre, il s'ensuivra une conflagration universelle. (M. Laffite.)

Faites la guerre, vous aurez peut-être à demander à chaque père son dernier enfant. (M. Odilon-Barot.)

Subversion, conflagration, extermination, n'est-ce donc pas à éviter à tout prix?

Encore, quel est le prix qui rachète de tant de périls? Quels sont les sacrifices que requiert la paix?

Le prix coûtant n'est autre que de ne pas attaquer soi-même; les sacrifices requis sont seulement de ne pas se mettre en grands frais pour des préparatifs hostiles.

« Jamais l'étranger ne prendra les armes, qu'à la dernière extrémité.

« Un roi tombé disait peu encore; un second dit mille fois plus. Quel sera le troisième, le quatrième?

« Le problême étant arrivé à ces termes, la solution atteint l'homme même.

« Et l'homme roi tremble d'autant plus qu'il n'est pas fait aux chances de péril.

« Le désespoir seul viendrait à se défendre, alors combattant à outrance.

« De vaines apparences trompent.

« A l'aspect, les précautions, les prétentions ne diffèrent pas.

« Même la peur, afin de se dissimuler, imite les façons de l'audace.

« Il faut éviter de méconnaître comme de mépriser la peur.

« De telles considérations méritent d'être pesées quant au développement des forces militaires.

« Car l'étranger sera sujet à se tromper aussi sur l'intention des préparatifs.

« La France se défie, l'Europe se défiera.

« La défiance réciproque est vouée à attaquer, afin de n'être pas attaquée. » (*Les Périls du temps : novembre* 1830.)

Ainsi fut exposée l'évidence, d'abord accueillie, puis rejetée, repoussée.

Non pas que l'étranger donnât aucune crainte; non pas qu'il y eût à protéger, à garantir le pays.

La peur provenait de l'intérieur; les risques ne menaçaient que le cabinet.

Et soudain deux cent mille hommes sont levés; quatre cent millions sont fondus.

Mais que c'est donc triste, et quant aux motifs et quant aux résultats !

D'autant plus triste, que de tels soins, de tels efforts étaient superflus pour la défensive, et sont décevans quant à l'offensive.

« C'est sur ce sol que vous êtes destinés à vaincre ; c'est ici que vos armées s'appuieront sur une population immense, intrépide ; c'est ici que les agresseurs n'arriveraient que réduits dans leur nombre, privés de leurs ressources, affaiblis par le trajet.

« Au contraire, si vous allez prendre l'initiative de la guerre, vous vous présenterez au combat affaiblis, privés de l'appui de votre garde nationale, et bientôt aussi de la sympathie des peuples. En respectant les droits de toute espèce, le fardeau de la guerre retombe en entier sur vous : en en faisant supporter le poids aux autres peuples, ils deviennent à l'instant même vos ennemis. » (*Le ministre des affaires étrangères*, 18 mars 1831.)

La France arme : tel est l'acte ; quel est le motif?

Qui donc menace la France?

Tous les Etats réitèrent les assurances de paix : chaque Etat aperçoit les conséquences de la guerre.

Qu'est-ce donc que craint la France ?

Forte en population et en production, encore plus forte de position et de circonscription, la victoire est presque impossible, la conquête est plus qu'impossible.

Comment passer par dessus le corps de ces légions de garde nationale, et franchir à travers des bandes immenses de paysans, et se répandre, se maintenir en force dans une pareille contrée ?

Comment la dominer entière et compacte, ou la partager entre les alliés aussitôt ennemis ?

Il y aurait plutôt à mettre le feu au sol, à le noyer sous les flots de l'Océan.

Et quant à lui rendre son antique dynastie, hélas ! qui serait tenté de renouveler une épreuve peu chanceuse la première fois, trop malheureuse la seconde, plus périlleuse la troisième?

La France n'est point menacée; c'est elle qui menace. La France ne craint rien ; c'est elle qui est à craindre.

Les puissances vont désarmer, dit-on.

Pourquoi donc, si elles n'ont armé qu'à l'imitation, et point en même proportion ?

Comment donc, lorsqu'une portion de leurs peuples s'est déja mise en insurrection ?

Comment donc, tant que la France inhabile à se garantir la paix à elle-même, est hors d'état de la garantir à l'étranger ?

L'Europe porte en son sein les sécurités infaillibles de la France, au lieu que la France couve des périls imminens pour l'Europe.

La France, sans armée, lance encore la menace : l'Europe avec ses armées, n'est point libérée des risques.

Un orateur de l'opposition a parlé ainsi :

« Quand les troubles de la Pologne seront apaisés, quand la Belgique sera séparée de vous, je sais qui vous attaquera. Maintenant qui peut vous attaquer en Europe ? Serait-ce par hasard la Russie ? Serait-ce la Prusse, gouvernement sage, qui sait que nous sommes son allié naturel ? Serait-ce l'Autriche ? elle n'ignore pas qu'avec cinquante mille hommes vous lui donneriez trop d'occupation en Italie. Serait-ce l'Angleterre ? quelques bateaux à vapeur suffiraient pour porter des secours à l'Irlande. » (*M Mauguin*, janvier 1831.)

A quoi, il aurait pu ajouter que l'asservissement de la Pologne enlèverait des recrues et exigerait des armées ;

Que la séparation de la Belgique la laisserait en alliance, en amitié avec nous ;

Que les dispositions de l'Italie donneraient de plus en plus, de l'inquiétude aux Autrichiens :

Si bien qu'en tout cas, l'orateur serait en droit de s'écrier : *Qui peut vous attaquer en Europe ?*

La France n'avait point à se mettre, n'a point à se tenir en état de défense.

La France manque à la fois et de mémoire et de jugement, en cédant à des craintes puériles.

Eh ! mais, ne lui souvient-il plus des années 1814 et 1815, où ses armées, mises en désordre, dictaient à l'Europe ralliée, les conseils de la générosité ?

La force est dans le renom plutôt que dans le nombre des soldats; la victoire, adonnée à ses drapeaux, fonda un mur d'airain, jeta un abîme de feu au-devant des tentations de guerre.

Et cet indomptable renom, un instant éclipsé par le désastre des saisons, par le délire des calculs, a été ravivé lors de l'élan valeureux qui triompha de l'Espagne, de l'Afrique.

Qu'on entende donc comment le renom ou l'ascendant moral, ici élève au double, au quadruple, et là abaisse en même raison, la puissance matérielle.

Qu'on entende comment l'ascendant, ici ressenti avec orgueil, neutralise l'influence des revers; et là, rappelé par l'épouvante, démoralise à l'avènement d'un échec.

Voilà bien ce que savent, ce que sentent les puissances.

De plus une pensée, la plus simple, la plus juste qu'il se puisse, les domine.

Ce n'est pas la première fois que le monde social se montre en proie à une de ces crises intellectuelles, assez analogues aux paroxismes morbifiques qui sont subis dans l'ordre physique.

Or le passé dit, par l'organe de l'histoire, que ce qui était menait à ce qui est, et que ce qui est mène à ce qui sera.

Autrement, qu'il y a dans le repos une tendance occulte au mouvement, comme il y a dans le mouvement une propension latente au repos.

Non, les puissances ne sont pas tentées de se jeter à la traverse, de faire rebrousser le cours naturel des choses.

L'espérance leur commande l'attente, en même temps que la crainte leur défend l'attaque.

Toutefois, si les ardens et imprudens amis de la liberté allaient en conclure qu'il faut se hâter, et réparer le temps perdu, et prévenir les temps contraires :

Il y aurait à leur dire, ces paroles de sir Robert Peel, lesquelles présentent ici des garanties, et là présagent des désastres :

« J'ai tant de confiance dans les progrès de l'intelligence et dans la force de la justice que, selon moi, une contrée quelconque qui provoquerait une guerre inique, une guerre sans motif valide, quelle que fût sa puissance financière et militaire, succomberait devant l'opinion publique qui, mettant de côté toutes les dissensions, et ralliant l'Europe en un faisceau, ferait triompher la grande cause de la paix et de l'équité.

« Je dis de même, avec une parfaite conviction que, si la France, quand elle défendit ses propres droits, quand elle se révolta contre les mesures du pouvoir, avait été assaillie par les puissances de l'Europe pour l'empêcher de se donner un gouvernement de son choix, elles auraient été vaincues dans cette injuste guerre, et que la France aurait accompli ses desseins, en dépit de la confédération générale. (19 février 1831.)

(*La Vérité diplomatique* : août 1831.)

IMPRIMERIE D'A. PIHAN DELAFOREST, RUE DES NOYERS, N° 37.

www.ingramcontent.com/pod-product-compliance
Ingram Content Group UK Ltd.
Pitfield, Milton Keynes, MK11 3LW, UK
UKHW020432180726
13839UKWH00003B/1463

9 782329 338217